GALIMATHIAS

POE'TIQUE,

OU RECUEIL

DE plusieurs petites Pieces de Vers & de Chansons sur des airs nouveaux & connus.

A

GALIMATHIAS

POÉTIQUE,

OU RECUEIL

D e plusieurs petites Pieces de Vers & de Chansons sur des airs nouveaux & connus.

Sunt bona, sunt quædam mediocria, sunt mala multa. *Martialis Epigrammata.*

PAR M. MESSAGEOT, Caporal au Régiment de Touraine.

A PAPHOS,

Chez NARCISSE MONLOISIR.

M. DCC. LXX.

A SON EXCELLENCE
MADAME
LA PRINCESSE
DE MONT...

Madame,

Vous ne comptez de beaux jours que ceux que vous marquez au coin de vos bienfaits..... Vous accordez votre protection avec tant de bonté, que j'ose l'implorer pour mon Galimathias. Un galimathias ?.... quelle platitude ! ..... Les MONT.....

A 3

honoreroient des Henriades , je le
sçais. Hercule offriroit ses travaux,
l'Abeille n'a que son miel..... D'ail-
leurs c'est pour moi seul que je vous
dédie mon Livre..... Le nom des
MONT.... n'a pas besoin d'archi-
ves ; il est dans tous les cœurs : il de-
core, illustre tout ce qui l'environne ;...
c'est la gloire même. Vous voyez combien mon Livre a besoin de Vous.
Daignez le protéger ; il vous amusera
peut-être un moment : c'est tout ce
que desire,

MADAME,

Votre très-humble & très-
obéissant serviteur ,
MESSAGEOT.

AU PUBLIC.

TOI que tout Chapelain (1) redoute,
Toi qui très-fouvent as le tic
De mettre un Auteur en déroute,
Salut, honneur, Seigneur Public....
On dit, mais je n'ofe le croire,
Que ton efprit eft dur, méchant;
Qu'à défoler tu mets ta gloire;
Que tu pardonnes rarement.
Pour les pauvres Auteurs Soldats,
As-tu l'œil un peu moins févere?....
Non.... Lis donc mon Galimathias
Après quelqu'œuvre de Voltaire.....
Les POINSINET, FAVART, SEDAINE,
Ont à fouhait Mufe, Hélicon;
Moi mon Parnaffe eft une plaine,
Et mon fufil mon Apollon.
Si Favart veut badiner, rire,
Il peut imiter le Pinfon,
Et moi fi je monte ma lyre
C'eft au ronflement d'un Canon.

_____

(1) Auteur que Boileau a fatyrifé.

J'ai tout dit. Vois , lis & critique ,
Connois , dévoile mon défaut ;
Mais fois quelque peu moins cauftique
Que Boileau le fut pour Quinault (1).
Vois mes fautes , mais fans colere ,
Reprends-les fans emportement ;
Punis-moi , mais punis en pere ,
C'eft-à-dire un peu doucement.
Avec douceur on peut tout faire ,
Elle encourage le talent.
Que fçai-t-on ? Je pourrai te plaire
Une autrefois ? Certainement.....
J'y tâche au moins ; car ton fuffrage
Eft le but de tous mes travaux :
Je voudrois que le moindre Ouvrage
Te donnât cent plaifirs nouveaux.

_____

(1) Autre jouet de Boileau.

GALIMATHIAS POÉTIQUE.

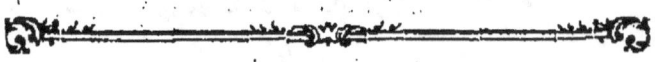

A L'AMOUR.

AIR : *Je vais te voir, &c.*

O TOI qui regne fur mon ame,
Tendre Amour pénetre mes fens ;
Que la vive ardeur de ta flame
M'infpire les plus doux accens.
Viens, vole, daigne me conduire ;
Viens, comble - moi de tes faveurs ;
Fais que mes chants comme Thémire,
Puiffent féduire tous les cœurs.

❦❦❦❦❦❦❦❦❦❦❦❦❦❦❦❦❦❦❦❦❦❦

A MADAME
LA PRINCESSE
DE
MONTMORENCY.

Esquisse du Camp de Verberie, raconté par un Soldat.

FRANCŒUR arrivant à Nanterre,
Soleil couchant, un peu plus tard,
Le pas, l'œil fier comme un Céfar.
M'eft avis, dit fa bonne mere,
Mettant à bas un pot de terre
Pour fe frotter un peu les yeux,
Qui pour lors fe trouvoient chaffieux,
M'eft avis voir un gent de guerre.....
Eh mais, oui-dà, lui dit Claudine.....
Eh mais, c'eft ton garçon Laurent.
» Bon foir ma mere. « Ah ! mon enfant !....
» Bon foir Laurent..... Bon foir voifine ;
Et la fanté ?.... Bonne ; & la tienne ?
» A l'Armée on fe porte bien,
» Le Plaifir fert de Chirurgien ;
» Il faut que votre fils y vienne.

Chacun difoit : voyez donc comme
Il eft grandi, comme il eft beau !
Le bel habit !.... Le beau chapeau !....
Morbleu qu'un Soldat eft bel homme !....
Déjà tout le monde s'empreffe
A venir admirer Laurent.
Qu'il eft bien fait !.... le bel enfant !....
Le grand Nicolas fend la preffe.
Ah ça, tu viens de VERBERIE,
T'étois un des Soldats du Camp,
Ça devoit être bien charmant ?
Laurent, dis-nous ça, je t'en prie.....
» Volontiers. Entrons ; mais à boire.....
» Le vin eft l'ami des Soldats,
» Avec lui je ne bronche pas.....
» Le vin rafaîchit la mémoire.
On eft placé. Chacun fon verre ;
Force bon vin, grand appétit,
On boit deux coups, & Laurent dit :...
VERBERIE étoit vers ma mere.....
Ici couloit une riviere ;
Nous occupions ce terrein-là ;
Les Soldats travailloient par-là.....
Un bois nous couvroit par derriere.....
On exerçoit dans cette plaine.
L'à bas on découvroit le R O I :
Il s'étoit placé là, je croi,
Pour mieux voir manœuvrer Touraine....

On eſt là dans un grand ſilence
Sous les ordres du Général.
Le canon donne le ſignal,
Auſſi-tôt le fracas commence......
Déjà l'on ne voit plus l'Armée ;
La plaine eſt un cahos affreux :
L'œil voit pétiller mille feux (1)
Dans les tourbillons de fumée.....
Bientôt on n'entend plus une arme....
Le Soldat marche quelques pas,
Puis l'inſtant d'après, patatras..... (2)
On entend un nouveau vacarme.
Voilà l'image de la guerre :
L'Officier, l'écho, les canons,
Les tambours, & les mouſquetons
Font plus de bruit que le tonnerre.
Faut voir le PRINCE à notre tête,
Tantôt l'à bas, tantôt ici :
Quand nous ſuivons MONTMORENCY,
Aucun danger ne nous arrête.....
Il excite ou retient notre ame ;
D'un coup d'œil il nous met en feu,
Avec lui la peine eſt un jeu ;
Il ſçait nous inſpirer ſa flamme.....
Et ſon Epouſe..... La PRINCESSE !....

----

(1) Le feu de deux Rangs.
(2) La Colonne & ſon développement.

Ah ! mes amis !.... ah ! le bon cœur !....
Dieu la fit pour notre bonheur :
Le moindre Soldat l'intéreffe.....
Douce, compatiffante, humaine,
Notre intérêt devient le fien ;
Elle croit ne faire du bien
Qu'en adouciffant notre peine.
Dans la plaine de Verberie,
Elle avoit fixé la gaité ;
Chacun célébroit fa bonté ;
De chacun elle étoit chérie.....
C'étoit..... » Un moment. Il faut boire
» Au Prince de MONTMORENCY ;
» Buvons à la PRINCESSE auffi,
» Et puis acheve ton hiftoire.....
On a bu. Pierrot dit faut croire,
Puifqu'ils vous comblent de faveurs ;
Que leurs noms font dans tous vos cœurs
Comme ils font écrits dans l'Hiftoire.....
» Pierrot, tu dirois mieux, j'efpere,
» Si tu fçavois nos fentimens :
» Ils nous appellent leurs enfans,
» Et nous les aimons comme un pere.

PORTRAIT
DE
SOPHIE.

AIR: *Des simples jeux, où Je vais te voir, &c.*

QUE Sophie est naïve & belle !.....
C'est l'image de la candeur.....
Vénus avoit moins d'appas qu'elle.....
La vertu se plaît dans son cœur.
Timide sans être farouche.....
Belle sans éclat emprunté.....
Dès qu'on la voit, elle vous touche
Par sa seule ingénuité......

Ses doux accens enchantent l'ame
Du délire le plus flatteur ;
Ses regards sont des traits de flame,
Dont on ne peut vaincre l'ardeur.
Pour elle, on croit que la nature
Epuisa tous ses coloris ;
Sophie est une mignature
Dont l'œil & le cœur sont épris.

✿✿✿✿✿✿✿✿✿✿✿✿✿✿✿✿✿✿✿✿✿✿✿

A UNE DAME
DE STRASBOURG.
ÉTRENNES.

L'AMOUR, qui croit être parfait,
Etant devenu peintre habile,
S'efforçoit à peindre Lucile
Sans pouvoir exprimer un trait.
Il protesta par son carquois,
Qu'en quelque lieu qu'il vît paroître
Son maître, son indigne maître,
Il lui donneroit sur les doigts.
Le dépit l'avoit irrité ;
Mais Apelles lui fit entendre
Qu'aucun pinceau ne pouvoit rendre
Lucile & sa naïveté.
Le Dieu s'appaise à ce discours.
Comme lui j'employois mes veilles
A chanter en vous des merveilles,
J'y passois les nuits & les jours :
Aussi charmante que Cloris,
Pour présent de nouvelle Année ;
Je vous peignois environnée
Des Plaisirs, des Jeux & des Ris :
Mais Apollon disoit toujours,

A quoi penses-tu, téméraire ?....
Pourras-tu chanter à Cythere
Vénus jouant avec les Amours ?...
Je connus ma témérité ;
Je ne pus achever l'ouvrage.
Qui pourroit peindre sans nuage
Les charmes de la vérité ?

PORTRAIT.

AIR : *Dans un verger Colinette, &c.*

L'Œil vous voit, le cœur soupire,
On sent la plus vive ardeur :
L'ame éprouve un doux délire ;
C'est l'instant du vrai bonheur.
Avez-vous, pour tout séduire,
Un talisman Enchanteur ?

A

A MONSIEUR
JAQUOT,

Roi des MUSICIENS des deux Alfaces.

ÉTRENNES.

ENFLE ton pipeau
Dieu de l'Harmonie,
Que ta mélodie
Célebre JAQUOT.
Il eft de ta Cour
Tout ce qu'on admire,
Les fons de fa lyre
Y fixent l'Amour.
Peint-il le plaifir ?....
On s'imagine être
A l'ombre d'un hêtre
Qu'agite Zéphir,
Où toujours heureux,
Le moineau fidelle
Prouve à fa femelle
L'ardeur de fes feux.
Peint-il d'un Amant
La candeur aimable ?

B

Sa Mufe admirable
Rend le fentiment.
Peint-il de Baftien
Le defir timide ?
Ses doigts qu'Amour guide
Expriment fi bien
Ce fon fi touchant,
Cet accent fi tendre ;
Que peut feul entendre
Un fidele Amant.
S'il peint à la fois
Les jeux, les alarmes,
Les ris & les larmes
Coulent fous fes doigts.
Mufes mes amours ;
Vous fçavez fes peines,
Daignez pour étrennes
Egayer fes jours.
Toi, docte Clio ,
Réferve une place
Au facré Parnaffe
Pour ton cher JAQUOT.

LE PLAISIR D'AIMER.

AIR : *La lumiere la plus pure*, &c.

TOI dont le Dieu de Cythere
Forma les traits enchanteurs ;
Aimable & jeune Glycere,
Pourquoi fuis-tu ses douceurs ?
Crois-moi, tu ne peux mieux faire
Que de choisir un Berger :
Doit-on avoir l'art de plaire,
Sans avoir celui d'aimer ?

C'est dans la plus vive flame
Qu'on goûte le vrai bonheur.
Que l'amour regne en ton ame,
Comme il regne dans mon cœur :
Il te combla sans partage
De ses dons les plus charmans ;
Tu lui dois le tendre hommage
Des beaux jours de ton printems.

Vois comme la fleur nouvelle
S'ouvre au baiser du zéphir :
Entends-tu la tourterelle

Qui roucoule le plaisir ?
Vois les oiseaux à l'ombrage,
Céder à leur doux penchant ;
Leurs plaisirs t'offrent l'image
De ceux qu'on goûte en aimant.

✳✳✳✳✳✳✳✳✳✳✳✳✳✳✳✳✳✳✳✳✳✳✳✳✳✳

BOUQUET.

AIR : *Que ne suis-je la fougere, &c.*

QUE ne puis-je, mon Aminthe,
T'offrir avec cette fleur......
Des couplets où tu sois peinte
Comme tu l'es dans mon cœur......
On y verroit la folie
S'unir à la majesté,
L'esprit à la modestie,
La sagesse à la beauté.

De ta charmante figure,
Je peindrois l'heureux contour ;
Je dirois que la nature
L'a modélé sur l'Amour ;
Je dirois qu'elle a sçu rendre
Les traits du fils de Cypris,
Au point qu'on voit s'y méprendre
Les Plaisirs, les Jeux, les Ris.

VERS

A MONSIEUR LE DUC
DE MAZARIN,

Maréchal des Camps & Armées du Roi.

Nos camarades Piémontois (1),
Lurons qui n'ont pas l'esprit mince,
Ont chanté la valeur d'un Prince
Qui l'emporte plus de cent fois
Sur tous nos vieux grivois Romains;
C'étoit pourtant gens bien habiles,
Puisqu'ils prenoient toutes les villes
Qui se rencontroient sous leurs mains.
Moi qui d'esprit n'a pas un brin,
Je dis seulement que Touraine
Voudroit se voir conduire en plaine
Sous les ordres de MAZARIN.
De lui, de nous, on diroit com
On dit aujourd'hui dans la France,
Quand on parle de la vaillance
Du sty qui vainquit Bergoobsom.
Le froid, le chaud, tout s'rait égal,
Par-tout j'nous couvririons de gloire;
Qui douteroit de la victoire
Avec un si grand Général?

_____

(1) Piémont donne des Vers au Prince de Condé.

✻✻✻✻✻✻✻✻✻✻✻✻✻✻✻✻✻✻✻✻✻✻✻

CONSEIL TRÈS-SUIVI.

SI pour vous faire haïr le jour,
La maman un peu trop févére
Vouloit vous mettre au Monaftere ;
Entrez dans celui de l'Amour.

✤✤✤✤✤✤✤✤✤✤✤✤✤✤✤✤✤✤✤✤✤

ACROSTICHE.

AIR : *L'Amour m'a fait la Peinture*, &c.

AUPRÈS de toi mon cœur tendre
Gémit, & t'aime toujours ;
Ze doit-il donc rien prétendre ?
Et le tien peut-il l'entendre ?
Sans le payer de retour.

✻✻✻✻✻✻✻✻✻✻✻✻✻✻✻✻✻✻✻✻✻✻✻

ACROSTICHE.

Air nouveau.

JOSEPH feul eft fait pour mon cœur ;
Oui, Jofeph feul eft mon vainqueur.
Sa voix eft l'accent du bonheur,
Et fa flamme fincere ;
Pour ne pas fentir fon ardeur,
Hélas ! comment donc faire ?

B O U Q U E T.

Air : *Fourniſſez au canal un ruiſſeau, &c.*

Un Bouquet dans ſes vives couleurs,
Du cœur eſt la naïve image :
Mon amante reçois dans ces fleurs
De mon ame le ſincere hommage.
L'Amour qui ſourit à nos jeux,
M'offrit cette roſe jolie,
Tiens, dit-il, c'eſt pour ta Sophie ;
Ton Bouquet doit te rendre heureux.

A M O N C U R É.

É P I T R E.

Toi que je crains & que j'honore,
Cher Curé, toi dont les avis
Furent toujours ſi mal ſuivis,
Voudrois-tu m'en donner encore ?
Oui, cede à mon impatience,
Mais je te jure par mon cœur,
Que je ferai tout mon bonheur
De penſer d'après ta prudence.
Mes compagnons furent plus ſages,

Ils ont le fruit de tes leçons ;
Mais si Rome eut plusieurs Catons,
Elle eut des citoyens volages.
Ce n'est pas que pour me défendre
Je veuille employer des ressorts ;
Cher Curé je connois mes torts,
Voilà mon cœur, daigne y descendre :
Tous mes amis feront peut-être,
L'un Moine, Abbé, l'autre Avocat,
Et moi je suis Monsieur Soldat.....
Ce n'est pas-là l'état de Prêtre.
Eh mais, pourquoi cette colere ?
Tout Soldat est-il donc méchant ?
On voit briller le sentiment
Parmi le fracas de la guerre.
Mon cher Curé, ne vas pas croire
Que quelqu'un nous méprise ici,
Je suis avec MONTMORENCY,
Ce nom seul nous couvre de gloire.
Prêtre n'étoit pas mon affaire :
L'être n'est pas toujours un bien ;
Il en est tant qui ne font rien.....
Mais n'entrons point dans ce mystere,
Si mon hommage peut te plaire,
Je suis au comble de mes vœux,
Tu seras encor un heureux,
THIENOT est-ce en vain que j'espere ?

****

BOUQUET,

D'un Enfant de cinq ans à son Pere.

AIR : *Des simples jeux*, &c.

CHER Papa, dans un si jeune âge,
Quel bouquet puis-je vous offrir?
Cette fleur est tout mon hommage,
Mais un instant va la flétrir.
On dit qu'un cœur peut satisfaire,
Cher Papa je n'en sçavois rien,
Si c'est un présent pour un pere,
Félix vient vous offrir le sien ?

ACROSTICHE.

AIR : *L'Amour m'a fait la peinture, &c.*

Mon defir eft l'innocence,
Amour tu fçais mon ardeur.....
Rien n'égale ma conftance,
J'adore la jeune Hortence,
Et Dorilas a fon cœur.

En vain on voudroit lui plaire ;
Dorilas a tous fes vœux.
Mon cœur feroit fi fincere !.....
Edmée ! ah ! peux-tu ma chere !
Etre infenfible à mes feux ?

┼┼┼┼┼┼┼┼┼┼┼┼┼┼┼┼┼┼┼┼┼┼┼┼┼┼┼┼┼┼┼┼┼

VERS
EN L'HONNEUR
DE SAINTE
JEANNE - FRANÇOISE FREMIOT,
BARONNE DE CHANTAL,

Fondatrice de l'Ordre de la Visitation de Notre-Dame, canonisée en 1769.

A UN LUTHÉRIEN.

TREMBLE, mortel ingrat !... Tremble, ou
. connois ton crime.....
Ouvre les yeux....frémis. Vois le profond abyme
Où tes pas égarés vont te précipiter.... .
Tu n'as qu'un seul moyen de pouvoir l'éviter...
Le Ciel reçoit des Saints, & toi tu les condamnes !..
Eloigne le poison de ces pensers profanes !...
Les vertus de CHANTAL, sa sainte humilité,
Ne l'approchent donc pas de la Divinité ?
Un Calvin, un Luther, un Mahomet, mille autres
Seroient donc à côté des Vierges, des Apôtres ?...
Peut-on le croire !... O Dieu, dissipe ces erreurs !...
Etend ton bras clément, daigne éclairer nos cœurs !.

Quoi, tu peux méprifer ce que l'Eglife honore!...
Lis, Mortel ingrat, lis, ofe douter encore.

FRANÇOISE naît dans l'opulence
Quel plaifir pour fon jeune cœur!...
Sa main ne connoît l'abondance
Que pour foulager le malheur.
Grands biens, fafte, magnificence,
Voilà nos plus tendres defirs,
Dans la retraite & le filence
Françoife occupe fes loifirs.

L'enfance difparoît, & déjà la jeuneffe
Fait admirer l'éclat de fes attraits naiffans,
De mille adorateurs la troupe enchantereffe,
Sent déjà le pouvoir de fes yeux innocens.
Son grand nom, fes vertus, plus encor fa richeffe,
Fixent l'attention, lui gagnent tous les cœurs;
On n'aime que Françoife, on brigue fa tendreffe,
Mais tous les beaux foupirs font payés de froideurs.

Vous pour qui la coquetterie
Eft la plus aimable vertu.....
Suivez CHANTAL.... la modeftie
Anima fon cœur ingénu.

La fotte vanité n'a rien qui l'intéreffe....
Son pere l'a contraint de penfer à l'hymen...

Jeanne gémit, se plaint, mais que faire ? on la
   presse....
Elle hésite.... on redouble.... elle résiste en vain.
On veut, elle obéit ; un Epoux a sa main.

     Dans le nouveau nœud qui l'engage,
     Que de vertus ! que de pudeur !...
     Vierge Sainte, elle est ton image ;
     C'est ta bonté, c'est ta candeur.
     Voyez sa tendre complaisance
     Pour les caprices d'un Epoux,
     Voyez sa modeste assurance
     Pour calmer des transports jaloux.
     Mere, voyons-là dans son zèle
     Tracer à ses jeunes enfans,
     Du Salut la route fidele,
     Y conduire leurs pas tremblans.
     Dans son maintien quelle décence !
     Dans ses discours quelle douceur !
     Dans son regard quelle innocence !...
     L'amour divin est dans son cœur.

Son Epoux au tombeau. Le fond d'une retraite
La cache à tous les yeux. Rang, grandeur, vanité ;
Parens, honneurs, amis, enfans, rien ne l'arrête ;
Préfere-t-on le monde à la Divinité ?....
Déjà sa main pieuse éleve un Monastere ;
Là ne pensant qu'à Dieu, la dure austérité

A des charmes pour elle : un cilice, une haire,
Lui tracent le fentier de l'immortalité....
CHANTAL... que vois-je ? ô ! Ciel !... arrête mort
    cruelle....
Retiens ton bras.... Arrête.... épargne fes beaux
    jours....
Peux-tu couper le fil d'une trame fi belle....
Arrête... Elle n'eft plus... Ah ! pleurez-la toujours !
Des vertus de CHANTAL, fidelle imitatrice,
LEYEU, nous te voyons dans tes fons agiffans,
Suivre les faintes loix de ton Inftitutrice ;
Les prêcher, les prefcrire à des cœurs innocens,
Qui prêtant à ta voix une oreille docile,
Qui fuivant les avis de ton humilité,
Avec toi fur tes pas vont à la fainteté :
Sous un guide éclairé rien eft-il difficile ?

A MADAME

LA PRINCESSE

DE MONTMORENCY.

Chanson allégorique sur ce qu'elle quitte le Régiment.

AIR : *Tendre fruit des pleurs de l'Aurore.*

QUOI, vous nous quittez chere Ismene ?
Vous emportez tous nos plaisirs :
Qui va soulager notre peine ?
Vous remplissiez tous nos desirs.
Auprès de vous la brebiette
Ne connoissoit que le bonheur,
Celle qui tiendra la houlette,
Aura-t-elle votre douceur ?

Que ferons-nous dans ces prairies,
On n'a point de plaisirs sans vous ;
Vous quittez vos brebis chéries,
Qui les garantira des loups ?
Le cœur de chaque brebiette
En vous regrette son bonheur ;

Celle qui tiendra la houlette,
Aura-t-elle votre douceur ?

Du sort fatal qui nous sépare,
Daignez adoucir la rigueur ;
En vain le destin est barbare
Si vous nous gardez votre cœur.
Entendez chaque brebiette,
Qui pousse vers vous des soupirs ;
On croit que sans votre houlette
On n'aura plus de doux plaisirs.

A UNE RELIGIEUSE.

AIR : *Des simples jeux, &c.*

QUOI ! depuis si long-temps voilée,
Avoir encor cette fraîcheur ?...
Pour toi le voile est la rosée
Qui fait briller la jeune fleur.
Au nom du couvent, de la guimpe,
Un Jeune cœur est dégoûté.
Pour toi le cloître est un olympe
Où tu sçais fixer la gaité.

Au

Aux premiers beaux jours de ton âge,
Quel triomphe pour la beauté !...
Vive, charmante, mais volage ;
On devoit être maltraité.
Combien as-tu fait de conquêtes
Avec cet œil vif & railleur ?
Combien as-tu troublé de têtes,
Avec ce souris enchanteur.

Autrefois c'étoit la folie,
Aujourd'hui c'est le sentiment.
Tu sçais joindre à la modestie
Le souris du contentement.
Quand tu ris on voit la jeunesse,
Folâtrer avec la douceur ;
Dans ton œil on voit la tendresse,
La vertu décore ton cœur.

C

✤✤✤✤✤✤✤✤✤✤✤✤✤✤✤✤✤✤✤✤✤✤✤

PORTRAIT
D'AGNÈS.

AGNÈS, la feule Agnès a des droits fur mon ame,
C'eft le plus bel objet de la plus vive flame,
Agnès a tout mon cœur, Agnès eft tout pour moi,
La volonté d'Agnès fait mon unique loi.
Quand mon œil amoureux vit Agnès & fes char-
     mes,
Il en fut ébloui, mon cœur rendit les armes.
Je lui jurai cent fois le plus conftant amour ;
Mais, hélas ! je l'aimois fans efpoir de retour !...
Qui ne l'aurait aimé ? la riante nature
Croyoit en la formant peindre une mignature.
Deux grands yeux d'où fourit la tendre volupté,
Dont les traits font lancés par l'ingénuité...
Des levres que rougit la pudeur enfantine,
Relevent la beauté de fa bouche divine....
D'un vifage charmant le plus heureux contour,
Un menton... fa fauffette, où fe niche l'Amour...
Une gorge... jamais l'œil n'en vit de fi belle ;
La divine Pfyché ne l'avoit pas comme elle...
Un fein... Ah ! je m'y perds. Amour, fans ton pin-
     ceau,
Sans toi, puis-je tracer un ouvrage fi beau ?...

Deux globes animés qui palpitent fans cefle ,
S'efforcent d'agiter une gaze traîtrefle ,
Qui voudroit feule avoir le plaifir raviffant ,
D'admirer les beautés de ce tréfor naiffant.
Sa peau qui réunit les lys avec les rofes,
Eft un mêlange heureux de fleurs fraîches éclofes...
Si je voulois enfin peindre tous fes attraits ,
Mon pinceau foible encor n'y fuffiroit jamais.
Je ne vous dirai rien de fa jambe parfaite ,
Son bras , fon pied , fa main font tels qu'on le fou-
            haite...
Voilà quelle eft Agnès; avec autant d'appas ,
Aurois-je pu la voir & ne l'adorer pas...

C H A N S O N.

AIR : L'Amour veut que l'on foupire , &c.

LE Printemps que la nature
Charge de dons précieux ,
Semble emprunter fa parure
De l'éclat de tes beaux yeux.
A l'incarnat de la rofe ,
Tu joins la blancheur du lys ;
C'eft fur ton fein que repofe
Le Dieu des jeux & des ris ;
Tu donnes la vive image ,

De la plus brillante fleur ;
En falloit-il davantage
Pour vaincre mon tendre cœur ?

Tes beaux yeux femblent me dire
Mon cher Amant aimons nous ;
Garde-toi de contredire
Le langage le plus doux.
Les Nymphes dans leurs fontaines
Environt nos heureux jours ;
Et nos moutons dans les plaines
Iront bêlant nos amours.
De la tendre tourterelle
Suivons l'amoureufe loi...
Mon cœur toujours plus fidelle
Ne brûlera que pour toi.

Le matin dans la prairie
Je conduirai nos troupeaux ;
Nous y pafferons la vie
Aux doux accens des oifeaux ;
Je chercherai pour Jeannette,
Ce qui fera fes plaifirs...
Les doux fons de ma mufette
Annonceront mes defirs.

Mon cœur toujours plus fidelle
brûlera des mêmes feux :
Jamais je n'aimerai qu'elle ;
je ferai toujours heureux...

✛✛✛✛✛✛✛✛✛✛✛✛✛✛✛✛✛✛✛✛✛✛

LA RÉSOLUTION

AMOUREUSE.

Air : *Je vais te voir , &c.*

Qu'au vain fantôme de la gloire
Les Guerriers confacrent leurs jours ;
La plus mémorable victoire
Vaut-elle un fouris des amours ?
Je fuis chéri de ma Thémire ;
Mon cœur eft l'objet de fon choix ,
Ce bonheur me vaut un empire ,
Le plaifir nous égale aux Rois.

✿✿✿✿✿✿✿✿✿✿✿✿✿✿✿✿✿✿

BOUQUET.

Des plus doux plaifirs
Image fidelle ,
Tendre tourterelle
Ceffe tes foupirs.

C 5

Rossignols charmants
Chantez Henriete,
Célébrez sa fête
Par les plus doux chants,
Si je le pouvois
Elle seroit Reine ;
Mais je suis en peine
Du choix des Bouquets.
N'ai-je pas mon cœur ?..,
Il est digne d'elle...
Oui , j'offre à ma belle
Toute son ardeur.

LA TENTATION,

LE tourtereau fidelle
Entend-il un soupir,
De sa tendre femelle ?
Il vole à tire-d'aîle
Combler son desir ;
Si tu le veux
Mon cœur amoureux :
Ce cœur qui t'adore ,
Qui te l'a dit cent fois , qui te le jure encore,
Sçaura prévenir
Ton moindre desir

Au premier foupir,
Un Amant
Comprend
Le roucoulement.

LA DOUCE PERSUASION.

AIR : *La lumiere la plus pure, &c.*

SI quelque Dieu te fit naître ,
C'étoit fans doute l'Amour.
Par tes yeux le petit traître ,
Gagne des cœurs chaque jour.
Une gorge raviffante
Où palpite le defir. . .
Près de toi fille charmante ,
Peut-on fe voir fans plaifir ?

En vain la jeune Glyceré
Veut toujours fe faire aimer ;
Montre-lui donc l'art de plaire,
De ravir & d'enflammer. . .
Toi feule parois divine ,
Tu fors des mains du plaifir.
Tout en toi , belle Juftine ,
Excite un nouyeau defir.

C 4

Ton tendre & malin sourire
Nous peint l'amour enchanteur...
Connois-tu le doux délire
Où jette ce Dieu flatteur ?...
Crois-moi , suis sa loi charmante ,
Elle conduit au plaisir...
L'Amour te fit ravissante ;
Ton cœur est-il sans desir ?

E N V O I.

Même air.

DE la folâtre jeunesse
Tu rassembles les attraits ;
Le Dieu de la douce ivresse ,
Dans tes yeux a mis ses traits ,
Vive , badine , follette ,
Tu t'embellis chaque jour,
Si tu veux être parfaite
Prends un peu de mon amour...

MON SOUPER.

Loin de moi soupers fastueux,
Qu'apprêtent la froide décence,
Où l'on n'est qu'avec bienséance ;
Votre pompe rend-elle heureux ? ...

Un repas simple, mais joyeux,
Tel que la franchise le donne,
Où le tendre plaisir fredonne,
Voilà le vrai banquet des Dieux.

N..... Le tien eut plus d'attraits ;
La Vertu m'y fit une place,
J'y fus servi par une Grace,
Et l'Amitié fit tous les frais.

PORTRAIT.

Air de Chasse.

Un tein semblable au lys,
Un sein où folâtrent les Ris,
Les yeux de Cupidon,
Voilà le portrait de GOTTON.

Les Ris, les Amours,
La fuivent toujours....
Les Jeux, les Appas
Volent fur fes pas. ....
Son regard enchanteur,
D'un rien vous embrafe le cœur.
Enfin dans le hameau,
Je ne connois rien de fi beau.

ROMANCE.

AIR : *La lumiere la plus pure, &c.*

L'AMOUR joint à l'innocence,
Epure le fentiment.....
Pourquoi fous l'indifférence
Cacher le plus doux penchant ?....
Ton aimable négligence
Te donne un attrait flatteur....
Dans ton air eft la décence,
Mais l'amour eft dans ton cœur....

Life plaît par fa jeuneffe,
Toi par ta vivacité.
Par fes yeux Life intéreffe,
Tu charmes par ta beauté....

Ton aimable négligence
Te donne un attrait flatteur....
Dans ton air eft la décence,
Mais l'amour eft dans ton cœur.

Chez vous c'eft comme à Cythere,
On n'y refpire qu'amour.
Vous fçavez charmer & plaire,
Vous triomphez chaque jour....
Mais toi feule eft ma maîtreffe,
Dans toi feule eft mon bonheur.
Pourquoi cacher ta tendreffe,
Puifqu'amour eft dans ton cœur ?....

LE CONSEIL.

POur bien apprécier
Un Financier,
C'eft un luron qui guette
Une jeune fillette
Comme le chat fait la belette.
Tu le vis aujourd'hui.
Raton fous ma fellette
En prit une pauvrette :
Elle eut beau crier cui, cui, cui,

Il ne la quitta pas
Qu'il n'en fût las.
Tantôt leſte.....
Avec ſa patte ; zeſte, zeſte, zeſte, zeſte,
Il la jette,
La rejette.
Pan, pan, pan, pan, pan.
Tantôt coi tout-à-coup, il la laiſſe un moment....
Elle veut fuir, mais à l'inſtant.....
Pan, pan, pan, pan, pan,
Après tous ces jeux-là,
Il vous la planta-là....
Tu le vis, &c.

MENUET.

AIR : *Par tes charmes, &c.*

SUR l'herbette,
Colin auprès d'Iſabeau
Donne un air nouveau
Sur ſon chalumeau,
Pour égayer ſa bergerette
Sur l'herbette, &c.....
Les échos d'alentour
Répetent tour-à-tour,
Les Amours

Sont les plus brillans de nos jours....

Aimons, aimons-nous toujours.....

    Les échos, &c.

    La Bergere,

    Avec un air enchanteur,

    Dit à son vainqueur,

    Je livre mon cœur

    A la flamme la plus sincere.

    La Bergere, &c.

    Les échos d'alentour

    Rediront tour-à-tour,

    Les Amours

Sont les plus brillans de nos jours ;

Aimons, aimons-nous toujours.

    Les échos, &c.

L'UNION.

AIR : *De sa modeste mere, &c.*

LA tendre tourterelle

Gémit-elle l'amour ?.....

Son tourtereau fidelle

La paie de retour.

Hylas & sa maîtresse
Brûle des mêmes feux....
Une égale tendresse
Les anime, tous deux.

L'Amante est comme Flore,
L'Amant comme Zéphir.
Le feu qui les dévore
S'allume d'un soupir.
Un clin d'œil fait entendre
Leurs innocens desirs.
Un cœur toujours plus tendre
Manque-t-il de plaisirs ?

Zélys n'a de parure
Que sa naïveté ;
La riante nature
Fait toute sa beauté.
Des Bergers du village,
Zélys a tous les vœux ;
Mais son cœur est un gage
Qui rend Hylas heureux.

Chaque jour, dès l'aurore,
Hylas toujours conſtant,
Pour l'objet qu'il adore
Cueille un bouquet charmant.
S'il le place lui-même
Sur ſon ſein palpitant....
Zélys, la pudeur même,
Le prend en rougiſſant.

Quand Hylas dit je t'aime,
L'amour eſt dans ſes yeux.....
Quand Zélys dit de même,
Hylas eſt dans les cieux.
Se voir, s'aimer, ſe plaire,
C'eſt leurs plus doux penchants;
L'Amour avec ſa Mere
Unit leurs ſentimens.

C O U P L E T.

AIR : *La bonne aventure , &c.*

VOUS avez un tendre Amant,
    Iris , je vous jure.....
Cependant à tout moment
    Je fçais qu'on murmure.......
Pour tromper votre maman
    Souriez fous un écran ,
    La bonne aventure ,
     O gué ,
    La bonne aventure.

B O U Q U E T.

AH ! le beau jour pour un amant !...
Quand il peut avec allégreffe ,
Dire : Je vais à ma maîtreffe
Donner un bouquet tout charmant.....
Certain qu'une petite fleur.....
Qu'un lys , qu'une rofe nouvelle ,
Auront plus d'appas pour fa belle ,
Lui gagneront plutôt fon cœur
Que le préfent pompeux d'un fat ,

Pou

Pour qui l'Amour ne s'intéreffe,
Quoiqu'en fes préfens la richeffe
S'étale dans tout fon éclat....
Si j'euffe efpéré du retour,
J'aurois au lever de l'aurore
Couru dans les jardins de Flore
Demander des fleurs à l'Amour.
Ce Dieu, qui forma vos attraits,
Peut-être fon plus bel ouvrage,
Dans ces fleurs m'eût donné l'image
De vos vertus & de vos traits.
Vous en auriez eu plus de prix,
Rofes, œillets, lys, amaranthe;
Car le beau fein de mon amante
Eft le féjour du Dieu des ris.
Par ce bouquet mon cœur charmé,
Eût prouvé l'amour le plus tendre;
L'eût-on reçu? comment l'attendre?
Puifque je ne fuis point aimé....

D

L'ATTENTE DU PLAISIR.

AIR : *Jeune & novice encore.*

QUAND tu seras ma femme,
Que je vas être heureux !....
Tien, regarde ma flamme,
Al me sort par les yeux.....
Tout comme une taquette,
Mon cœur fait, pan, pan, pan,
Dam, c'est toi ma Jeannette
Qui m'cause ce tourment.

****

BOUQUET.

A MADAME ***
A VILLENAUXE.

AIR : *Je vais te voir charmante Lise.*

TOUT s'embellit dans la nature,
La rose anime ses couleurs.....
Les prés égaient leur verdure....
Les bosquets s'émaillent de fleurs.
De Colas, Rose plus ravie,
L'oiseau gazouille mieux l'amour,
Votre fête, jeune Sophie,
A fait éclorre un si beau jour.

Hylas, pour mieux prouver son zele,
Donne des concerts ravissans,
Tircis pour plaire à sa cruelle
Lui cueille des bouquets charmans.
De leurs jeux mon ame est ravie,
Et je m'écrie avec l'Amour....
Votre fête, belle Sophie,
A fait éclorre un si beau jour.

Si je fçavois qu'une fleurette,
Sçût mieux flatter votre defir,
Je joindrois à ma chanfonnette
Un bouquet à faire plaifir.
Car vous plaire eft ma feule envie,
Et je m'écrie avec l'Amour,
Votre fête, belle Sophie,
A fait éclorre un fi beau jour.

✳✳✳✳✳✳✳✳✳✳✳✳✳✳✳✳✳✳✳✳✳✳

COUPLET.

AIR : *Du jeune objet que j'adore,*

JE meurs.... Soutiens-moi Jeannette,
C'eft à tes rigueurs
Que je dois mes malheurs....
Mais mon ame eft fatisfaite,
Si c'eft dans tes bras
Que je paffe au trépas....
Je vois la Parque cruelle
Qui vient finir mes triftes jours.
Adieu Jeannette, adieu rebelle,
Adieu doux momens des amours.
Je meurs, &c.

LA CONFESSION
INGÉNUE.

AIR : *Ce que je dis eſt la vérité même.*

EN vain Atys voudroit flatter mon ame;
Ses beaux diſcours ne diſent rien....
Colin dit peu quand il vante ſa flame.
Mais, chere Iris, mon cœur le comprend bien...

Atys chante-t-il un air tendre ?....
Sans rien ſentir, je chante à l'uniſſon
Mais Colin ſe fait-il entendre ?....
Mon cœur répete ſa chanſon.
En vain, &c.

AGNÈS A TIRCIS.

Tircis me quitte donc? Agnès n'a plus d'amant !
L'espoir de mon bonheur n'étoit-il que du vent ?
Non, je ne puis le croire... Une flamme si belle
Ne put jamais entrer dans un cœur infidelle....
Ses transports me prouvoient tant de sincérité !...
Sa voix étoit l'accent de l'ingénuité !...
Où m'égarois-je ? hélas ! A ce point abusée,
Je lis l'arrêt honteux dont je suis offensée (1) ;
Et je pourrois encor espérer du retour....
Jamais son cœur ingrat ne ressentit l'amour !...
Cher amant, c'est donc toi qui m'appelle volage ?
Quand tu m'aimois, Tircis, tenois-tu ce langage ?
Tu dis que c'est Agnès, tu prétends que c'est moi
Qui pour un autre amant te veux manquer de foi...
C'est toi qui veux aller dans de nouvelles chaînes,
Tu réserves ton cœur pour les Napolitaines....
Je me flattois en vain que ton ambition
Se borneroit toujours à notre passion.
Ton cœur est dégoûté ; tu veux d'autres délices...
Tu n'aimes du plaisir que les douces prémices....
Tu ne me forças pas, m'écris-tu, de t'aimer !...
Ingrat... par ce reproche as-tu pu m'alarmer ?....

(1) Il l'avoit priée de ne plus penser à lui.

Te l'ai-je demandé ? M'aimer & me le dire ,
Etoit pour mon amant un aimable délire...
Tu voulus mon amour, tu demandas mon cœur...
Dans sa possession tu mettois ton bonheur...
Je ne pus résister à de si fortes armes....
Je te crus, je t'aimai , j'y trouvai mille charmes....
Il fallut nous quitter.... je vis ton désespoir ,
Tu vis aussi le mien. Certains de nous revoir....
Tu me fis tes adieux , je m'en souviens encore !...
Tu me dis , chere Agnès , tu m'aimes, je t'adore...
Soupire après Tircis , il ne pense qu'à toi ,
Son cœur toujours constant ne connoît que ta loi.
Tu sçus assez long-tems charmer mon innocence :
Tu voulus quelquefois éprouver ma constance...
Tu me trouvas la même. Aujourd'hui ton devoir
Que tu dois écouter , te défend de me voir....
Qui peut l'autoriser, ce devoir si barbare ?...
Qui ? Rien...... C'est un tourment que ton cœur
    me prépare....
Tu veux, pour me percer du plus terrible trait,
Ne me laisser de toi que le muet portrait... (1)
Tu m'enleves Tircis pour qui j'aimois la vie....
Tu ne veux plus revoir ton amante attendrie...]
Mais tu fais plus encore , tu veux qu'à t'oublier
Je m'étudie.... Ainsi tu sçais m'apprécier.
N'use point avec moi de tant de barbarie :

_____

(1) Il lui avoit envoyé son portrait.

Tu rejettes Agnès autrefois si chérie....

Au moins, mon cher amant, dis-moi quels sont
  mes torts : ＊

Te perdre pour jamais !... ah plutôt mille morts !

Je ne veux que t'aimer ; ton amour fait ma gloire ;

Je ne desire point de nouvelle victoire....

Egaie, ou bien confonds mon esprit étonné....

Récris-moi ton amour de ris environné....

Tircis ! moi, ton amie ? ah ! garde cet honneur !

Est-ce assez pour Agnès qui t'aime à la fureur ?

LA DOUCE
RÉSOLUTION.

AIR : *Des simples jeux*, ou *Je vais te voir*.

MAMAN ne peut me faire entendre
Qu'on doit redouter les amans....
Le mien est si doux & si tendre,
Moi je ne crains que les méchans.
Maman toujours par sa défense,
Désole mon timide cœur....
Mais mon amant par sa présence
Le met dans un trouble flatteur.

Si l'amour n'avoit point de charmes,
Ma sœur n'auroit point un amant.
Pour moi seule a-t-il des alarmes ?
Pour tout le monde il est charmant....
Ma sœur est douce, prévenante,
Quand Hylas vante son ardeur....
Pourroit-elle être aussi contente,
Si l'Amour étoit un trompeur ?...

Si je voulois croire ma mere,
L'amour feroit un crime affreux.
Mais Lucas me dit le contraire,
Mon amant n'eft point dangereux....
Fût-il plus redoutable encore,
Je livre mon cœur à l'amour....
Ma mere aima dans fon aurore :
Je puis bien aimer à mon tour.

CHANSON.

AIR : *J'ignorois qu'un amant fût traître.*

QUEL plaifir de voir ce qu'on aime !.... *bis.*
Que fon départ eft douloureux : *bis.*
Un Dieu ramene Hylas à mon cœur amoureux,
Je croyois tenir l'Amour même.
Il me difoit d'un air charmant ; *bis.*
Zélys, je fuis toujours conftant. *bis.*

Quels momens après tant d'abfence !.... *bis.*
Ils étoient filés par l'Amour.... *bis.*
Les jeux, les ris fembloient s'empreffer tour-à-tour
A couronner notre conftance.
Hylas difoit d'un air riant ; *bis.*
Zelys, je fuis toujours conftant. *bis.*

Le roſſignol & la fauvette , *bis*.
Etoient jaloux de mon bonheur. *bis*.
Tous les autres oiſeaux imitoient notre ardeur ,
Que mon ame étoit ſatisfaite....
Hylas diſoit d'un air charmant ; *bis*.
Zélys , je ſuis toujours conſtant. *bis*.

Que mon bonheur avoit de charmes !.... *bis*.
Je crus qu'il dureroit toujours. *bis*.
Mais le deſtin jaloux s'oppoſe à nos amours :
Hylas me quitte.... Ah ! que d'alarmes !....
Mais il me dit en s'en allant ; *bis*.
Zélys , je te ſerai conſtant. *bis*.

AMOURS

DE

LA RAMÉE.

VAUDEVILLE.

Air : *Ah ! il n'eſt point de fête.*

QUAND j'ſuis près d'Adélaïde,
Je ne ſçais plus où j'en ſuis :
Mon cœur devient invalide,
Mes yeux ſont tout éblouis....
Quoiqu'al ſoit toujours rebelle,
Je ne me rebute pas,
      Ah !
Vla comme la cruelle
Fait valoir ſes appas.....

Si pour fuir ſa barbarie,
J'courons d'un autre côté,
J'rencontrons ſa ſœur Sophie,
Adieu notre liberté.....
Dame, c'eſt celle-là qu'eſt belle ;

Mais al ne m'écoute pas.
             Ah !
Vla comme la cruelle
Fait valoir ſes appas.

Cent fois j'nous donnons au diable,
Quand j'penſons au chien d'amour.
J'jurons d'être inébranlable,
Hélas ! ça s'ra-t-il toujours ?
Non, car ſi j'voyons des belles,
Crac, de nouviaûx embarras.
             Ah !
Vla comme les cruelles
Font valoir leurs appas.

La jeune eſt une ſorciere
Qui met l'feu juſque dans l'cœur.
Pour moi j'crois que l'Dieu d'Cythere
La forma pour not malheur.
Sa fœur qui n'vaut pas mieux qu'elle,
Ne cauſe pas moins de d'gâts.
             Ah !
Vla comme la cruelle
Fait valoir ſes appas.

Al reffemblons à des rofes
Qui vont bientôt fe fleurir,
Al avons cent mille chofes
Qui pourrions bien nous guérir;
Mais leurs yeux font des chandelles
Qui ne nous épargnent pas.
          Ah !
Vla comme les cruelles
Font valoir leurs appas.

E N V O I.

VOus aimer, c'eft du vrai bonheur
Goûter les douces prémices.....
Mais intéreffer votre cœur,
Fut-il jamais d'autres délices?

A MONSIEUR
PIK,

Maître à danfer, qui fit fa fortune en
Angleterre.

ÉPITRE.

O Vous qui fçûtes fi long-tems
Fixer dans la trifte Angleterre,
Des Graces la troupe légere,
Et la mere des agrémens.
Vous, de qui l'art ingénieux
Fait admirer la laideur même,
Ajoute à la beauté fuprême,
Et donne plus de force aux yeux.
Célebre PIK, ah ! que de pleurs !....
Répandit l'Angloife éperdue,
Qui vous perdant fe crut perdue,
Et voir le comble des malheurs.....
Que de regrets ! que de foupirs !
Quand pour paffer l'onde falée,
Chaque fillette défolée,
Lui vit embarquer fes plaifirs.....
Si dans ce pays déferté,
Quelque danfeufe ofe paroître,

On dit : c'est PIK qui fut son maître....

Ah ! que vous êtes regretté !

On vous y pleura, me dit-on ;

Sur-tout les femmes attendries ;

(Car d'amour elles sont paîtries

Plus que CROMWEL ou qu'AMILTON.)

Aux champs, à la ville, à la cour,

En tous lieux on n'entend que plainte,

Lise vous demande à Philinte,

Le Berger se plaint à l'amour.

Au nom de PIK on voit le cœur,

Sur-tout de la jeune fillette,

Qui demande & qui s'inquiette

De PIK, qui feroit son bonheur....

Vos bras déployés tour-à-tour,

Donnoient, dit-on, l'essor aux graces,

Vos pas laissoient les mêmes traces

Que celles qu'impriment l'Amour.

Par PIK toujours chere à Vénus,

Londres fut une autre Cythere ;

Mais on ne vit que l'Angleterre

Si-tôt que vous n'y fûtes plus.

DUO.

D U O.

AIR : *Mon jeune cœur palpite*, &c.

TOUJOURS avec Nicaise ?
Jarni, prends garde à toi. *bis.*
Si je le dis à Blaise.....
» Est-ce ma faute à moi ?....
Jarni, prends garde à toi.....
Si je t'y vois encore.....
» Laissez-vous attendrir....
Non, non ; » mais il m'adore. *bis.*
» Vous nous ferez mourir. *bis.*

» Aux fêtes du village,
» Il ne pense qu'à moi. *bis.*
» Un si constant hommage
» Mérite bien ma foi....
Jarni, prends garde à toi....
» Ah ! voyez-le, ma mere,
» Connoissez mon berger.
Un autre doit te plaire. *bis.*
» Doit-on ainsi changer ? *bis.*

E

Qu'a-t-il donc ce Nicaife ?....

« Son amour & ma foi. *bis*

« Quand mon cœur eft bien aife,

« Maman, tout eft à moi.

Jarni, prends garde à toi.

Ta main, malgré ta rufe,

Sera pour ce berger.

« Si mon cœur la refufe, *bis.*

« On s'expofe au danger. *bis.*

LE CONSEIL

A SUIVRE.

AIR : *Je vais te voir, charmante Life.*

L'INCONSTANT, pour une fillette,

Eft toujours un danger preffant.

En tient-il une tête-à-tête,

Il eft doux, il eft careffant :

Il dit qu'il aime, on le fouhaite ;

On croit fes difcours féduifans,

Le petit cœur de l'indifcrette

Se fait mille chagrins cuifans.

Autrefois la jeune Araminthe,
Voyoit Colas avec plaisir :
Aujourd'hui le berger Philinte
Lui donne le plus doux desir......
Colas est timide & sincere,
Mais Philinte est entreprenant;
On verra bientôt la bergere
Regretter son premier amant.

Souvent la jeune bergerette,
S'enflamme à l'aveu d'un trompeur.
Bientôt la petite regrette
D'avoir si mal gardé son cœur.
Si tu n'abandonnes Sylvandre,
Si tu le gardes plus d'un jour,
Philis, je crois déjà t'entendre
Maudire & l'Amant & l'Amour.

DESCRIPTION
D'UNE SURPRISE DE NUIT
ET D'UN ORAGE.

Nos Soldats accablés sous le poids des travaux,
Croyoient goûter en paix les douceurs du repos....

Tout-à-coup on donne l'alarme,
On force nos retranchemens....
Le François accourt, vole, s'arme,
La mort suit ses coups triomphants.
L'horreur détruit, abat, ravage....
Tout cede au bras victorieux....
La fureur préside au carnage,....
La rage éclate dans les yeux....
La fumée enfante un nuage....
Le combat est plus furieux....
Déjà le plus affreux orage
Obscurcit l'immensité des cieux....
On s'ébranle, on court, on se mêle,
Chacun fait de nouveaux efforts.
Les vents, la peur, le feu, la grêle,
Augmentent le nombre des morts.
L'Eclair mille fois répété
Serpente dans l'air agité,
Et met en feu l'obscurité.

L'horrible fracas du tonnerre
Se mêle aux gémiſſemens
   Des mourans.
Déjà les morts couvrent la terre ,
Le ſang a groſſi les torrens.
Le combat ceſſe avec la nuit,
L'aurore naît , & l'Anglois fuit.
Le jour fait briller notre gloire
Aux yeux des ennemis battus ;
Nous profitons de la victoire
Pour nous faire aimer des vaincus.

CHANSON.

AIR : *Quand on fçait aimer & plaire.*

AUTREFOIS près de Philinthe
Je nageois dans les amours,
Loin du fouci, de la crainte,
Je n'avois que des beaux jours,
Mais aujourd'hui l'infidelle
Veut oublier fes fermens ;
Dans une chaîne nouvelle
Il a de plus doux momens.

Il me difoit d'un air tendre
Je t'adorerai toujours !.....
Mon cœur aimoit à l'entendre.....
C'étoit l'accent des amours.
Qu'il revienne dans ma chaîne,
Je lui redonne ma foi ;
Il m'appellera fa Reine ,
Je l'appellerai mon Roi.

COUPLET.

AIR : *L'Amour m'a fait la peinture.*

CHERE Ismene, je t'adore,
Daigne sourire à mes vœux.
Aurois-tu ton cœur encore ?....
Le plus beau feu me dévore :
Ne serois-je point heureux ?

LES YEUX DE JUSTINE.

AIR : *De sa modeste mere.*

OUI, petite Justine,
Oui, je lis dans tes yeux....
Peux-tu cacher, lutine,
Qu'ils soient ambitieux ?
Leur regard vif & tendre,
Charme & plaît tour-à-tour.
Mais sans jamais en prendre....
Ils prodiguent l'amour.

E 4

Ta mine raviſſante
Aide à ton œil malin ;
Et ta voix ſéduiſante
Rend ſon regard mutin.
On a beau ſe défendre,
Il faut céder un jour.
Mais ſans jamais en prendre,
Tu prodigues l'amour.

Si quelqu'amant s'obſtine
A braver tes attraits,
Ta douceur enfantine
L'engage pour jamais.....
Obligé de ſe rendre,
Il en gémit un jour.
Car ſans jamais en prendre,
Tu prodigues l'amour.

L'amour eſt-il un crime ?
Pourquoi s'en alarmer ?
Non, le plaiſir ſublime,
C'eſt le plaiſir d'aimer.
En vain on ſe mutine,
Il faut céder un jour,
Pourquoi donc, ma Juſtine,
Ne point prendre d'amour ?.....

****

ROMANCE.

AIR : *Des simples jeux, &c.*

SERAIT-IL vrai, jeune Sophie,
Que vous fissiez votre bonheur,
De passer tristement la vie
Sous le voile, & dans son horreur ?
La fleur nouvellement éclose
Se doit au brillant d'un beau jour.
Vous êtes une belle rose,
Vous devez briller pour l'amour.

Un couvent fait votre délice,
Vous feriez celui d'un amant.
Un cloître, une grille, un cilice,
Valent-ils un berger charmant ?
Non. Votre cœur défend sa cause,
Il vous dit cent fois chaque jour,
Vous êtes une belle rose,
Vous devez briller pour l'amour.

Donnez-vous une symphonie,
Un Dieu cadence vos accens,
L'oreille même d'URANIE
Admire vos sons ravissans.

A vos deffeins Vénus s'oppofe,
Elle vous demande à fa cour.
Vous êtes une belle rofe,
Vous devez briller pour l'amour.

Jeune Sophie ! un monaftere
Doit-il cacher de fi beaux yeux ?
Votre demeure eft à Cythere ;
Vous devez être avec les Dieux.
De tous les cœurs Vénus difpofe,
Vous pouvez embellir fa cour.
Vous êtes une belle rofe,
Vous devez briller pour l'amour.

SATIRE,

Contre un Petit-Maître, qui me fit l'appli-
cation de quelques vers de Boileau, qui
drapent les Chanſons & leurs Auteurs.
Il avoit ébauché une Tragédie, (le Siege
de Leucate) l'ouvrage ne valoit rien :
je lui dis ce que j'en penſois ; ma fran-
chiſe le dépita ; l'ouvrage fut abandonné.

A MON ESPRIT.

JE vous tiens, mon eſprit ; vîte, ſur la ſellette....
Petit impertinent, à peine êtes-vous né,
Et vous vous affichez pour un fameux Poëte,
Enflé d'un vain orgueil, & d'un chacun berné.
Je ſuis, publiez-vous ; je ſuis le maître habile,
D'un Racan déjà fort, d'un Virgile François,
Vous que le pur haſard fait rimer quelquefois.....
Rimer !... Mais rime-t-on pour quelques chanſon-
     nettes,
Pour quelque vaudeville, & ſouvent très-mauvais,
Pour une froide églogue, ou pour des ariettes,
Les chers amuſemens de Meſſieurs les laquais.
Qu'avez-vous fait de plus, deux à trois comédies,
Où vous avez tracé dans vos vers inégaux,

Les charmes de Philis, Colas où les prairies,
Et les beaux fentimens de vos fameux héros,
Qui d'abord accueillis de l'inconftant Partère,
Pourront fix mois au plus, écrits dans tous les cœurs,
Soutenir les affauts d'un critique févere....
Enfuite culbutant du faîte des honneurs,
Leurs vers iront gémir, chamarrés de pouffiere,
Près des livres pourris ou rangés à l'écart;
Ou bien pleurant l'éclat de leur gloire premiere,
Pour fervir à Güillot quitteront la Favart.....
Mais lui plein du beau feu qui confume Voltaire,
Lui l'honneur du Parnaffe & du facré Vallon,
Lui feul imitateur du haut ftyle d'Homere,
Enfin lui favori des Mufes, d'Apollon.
Veut-il faire des vers..... Chacun de fes ouvrages
Commence noblement par je chante un Héros.
Sa plume en moins d'un jour emplit plus de dix
  pages.
Son efprit toujours frais au milieu des travaux,
Enfante vers fur vers, & fa Mufe bouillante
En a déjà fait mille & mille autres encor :
La Mufe de Quinaut étoit moins abondante:....
Les lit-on ? il eft vrai qu'au vingtieme on s'endort,
Mais enfin devez-vous, pédent infupportable,
Décrier ?.... » Ah, tout beau, je ne le fus jamais.
» Pédent !..... quoi, moi pédent ? ce reproche
  m'accable.....
» J'ai toujours applaudi quoique tout fût mauvais,

» Nai-je pas soutenu son Ode chancellante ?
» Nai-je pas averti Cénis de son état ?
» Défendu que Lyside (1) encor toute tremblante,
» Dise pour se sauver, mon pere est un Soldat.....
» Et ce fameux Sonnet, où les Dieux du Parnasse,
» Melpomene, Clio, sans excepter Phœbus,
» Pour finir chaque vers viennent prendre une
    » place.
» Vous le sçavez, sans moi, n'étoient-ils pas
    perclus?
» Je...«Paix : tai-je permis d'afficher ce mystere ?
» Je ne parlerai plus...«Je te l'ordonne...»Eh bien,
» Puisque vous le voulez, je promets de me taire,
» Mais aussi qu'on se taise, ou je ne promets rien.

A MADEMOISELLE FER.....

ENVOI.

ILLUSTRES Conquérants, dont les projets divers
        N'ont aucune mesure.
Voulez-vous un moyen d'asservir l'Univers?
Empruntés de Zélys la voix & la figure.

---

(1) Lyside est l'héroïne du Siege de Leucate, Cénis la
Suivante.

PORTRAIT.

AIR : *Quand on fçait aimer & plaire.*

QUOIQUE du Dieu de Cythere,
Agathe foit le portrait,
Elle fçait charmer & plaire
Sans arc, fans flambeau, fans trait.
Pour foumettre à fon empire
Un cœur au gré de fes vœux,
Il ne lui faut qu'un fourire,
Qu'un regard de fes beaux yeux.

Les Plaifirs, les Jeux, les Graces,
Trompés, féduits tour-à-tour,
Suivent en foule fes traces,
En la prenant pour l'Amour.
De fa voix mélodieufe
Naiffent les tendres defirs,
Et leur haleine amoureufe
S'exhale avec fes foupirs.

La candeur & l'innocence
Anime fon jeune cœur.

Dans fon air eft la décence,
Sur fon front eft la pudeur.
Son timide & fin fourire
Ajoute encor au defir.
Hors la voir, l'aimer, lui dire,
On n'a point d'autre plaifir.

LE VOLCAN.

Ariette à mettre en mufique.

PAR-TOUT la campagne fertile
Etaloit les dons du printems,
L'air étoit ferein & tranquille,
Un foleil pur doroit les champs.
Tout-à-coup l'horifon fe couvre....
Le ciel auffi-tôt s'obfcurcit....
Le vent fouffle..... l'onde mugit....
L'Ethna s'ébranle, gronde.... s'ouvre....
Un noir tourbillon de fumée
En fort.... s'éleve, fe répand.
Le feu de fa cime enflammée
S'unit, & coule en long torrent....
On entend un bruit formidable
Au fein de fes antres profonds.
Sa bouche horrible.... épouvantable,
Vomit la mort dans les vallons......

Des rocs élancés jusqu'aux nues,
Eclatent, tombent dispersés,
Des maisons en sont abattües,
Des arbres en sont fracassés....
Mais tout rentre dans le silence,
Le calme regne dans les airs,
Et les oiseaux pleins d'assurance,
Reprennent leurs rians concerts.

PORTRAIT.

PORTRAIT.

AIR : *Fourniſſez un canal au ruiſſeau.*

HENRIETTE à la blancheur du lys,
Joint l'éclat de la fleur nouvelle ;
Son beau ſein eſt le ſéjour des Ris ;
Cupidon , tu nous ſouris comme elle.....
Pour mieux vous faire ſon portrait,
C'eſt une Grace en migñature....
Un chef-d'œuvre de la nature ;
Ou plutôt Vénus trait pour trait.

LA PRÉVOYANTE.

AIR : *De ſa modeſte mère , &c.*

CE tranſport me déſole !.....
Hylas ſois moins ardent.
Un geſte , une parole ,
Peut tout dire à maman.
Tu ſçais qu'elle eſt ſévere ;
Cachons-lui notre ardeur.
Dans l'ombre du myſtere
L'Amour eſt plus flatteur.

F

Feins d'aimer Isabelle,
Fais la cour à Philis ;
Dis que je suis moins belle,
Moins aimable qu'Iris.
Nous tromperons ma mere
En cachant notre ardeur.
Dans l'ombre du myftere
L'Amour eft plus flatteur...

Tu connois Dorimene ;
Philinte eft fon amant.
La fiere Celimene
Trouve Adonis charmant...
Trompons auffi ma mere
En cachant notre ardeur.
Dans l'ombre du myftere ,
L'Amour eft plus flatteur.

Souvent par un fourire ;
Tu liras dans mon cœur.
Tu fçais quand on foupire ;
Qu'on eft près du bonheur.
Quand je trompe ma mere ;
J'ajoute à mon ardeur :
Dans l'ombre du myftere
L'Amour eft plus flatteur.

CHANSON.

AIR : *Quand on sçait aimer & plaire, &c.*

VOus nous dites bien Jeannette,
Que Licas est amoureux.
Mais vous nous cachez follette
Qu'il brûle pour vos beaux yeux.
L'autre jour au pâturage
En chantant un air nouveau ,
Il vous donnoit l'avantage
Sur les belles du hameau.

La bouche peut long-tems feindre ;
Mais le cœur s'explique un jour.
C'est quand on veut le contraindre ,
Qu'on fait pétiller l'Amour.
Moi j'adore Rosalie.
Mes transports flattent son cœur.
L'Amour embellit la vie ;
Doit-on cacher son bonheur ?.....

F 2

DUO.

COLLOQUE.

AIR : *Dans un verger, Colinette, &c.*

SYLVANDRE, THEMIRE.

THEMIRE.

QUAND un jeune cœur soupire,
Il cherche après le bonheur...
Pour toi seul le mien respire,
Voudras-tu tromper mon cœur ?...

SYLVANDRE.

Non, j'aime trop ma Thémire,
Tes vertus & ta candeur.

THEMIRE.

L'Amour est fait pour notre âge,

SYLVANDRE.

Sera-t-il toujours charmant ?...

THEMIRE.

Puis-je devenir volage
Quand Sylvandre est mon Amant ?

SYLVANDRE.

Quand ma Themire m'engage,
Puis-je n'être pas constant ?

SYLVANDRE.

Pour toi j'ai quitté Glicere ;
Je préfere ton ardeur.

THEMIRE.

Mon tendre Amant ?.....

SYLVANDRE.

Ah ! ma chere !...
Dis encore ce mot flatteur !.....

THEMIRE.

Depuis que je sçais te plaire,
Il semble fait pour mon cœur.....

SYLVANDRE.

J'ai pourtant de la tristesse.....

THEMIRE.

Ton cœur doit s'ouvrir au mien.

SYLVANDRE.

On dit que sans la richesse
Mon amour ne fera rien ,
Qu'un riche seul intéresse.....

THEMIRE.

Tu l'es si tu m'aimes bien.

SUR UN RETOUR.

VERS.

AH ! je vous tiens... mon ame enfin respire...
Je sens dans l'ame un plaisir pur & doux...
Mais un plaisir qu'on ne sent que pour vous.
Le vrai bonheur daigne enfin me sourire...
Votre départ me causa des alarmes.
Mais quel plaisir me fait votre retour !...
Depuis long-tems j'attends cet heureux jour.
Le Ciel enfin daigne essuyer mes larmes.
Oui , je vous vois , & mon ame charmée,
Assez long-tems a tremblé pour vos jours.
Le destin peut empoisonner leurs cours...

C'étoit la peur de mon ame alarmée...
Mais non. Je vois que pendant votre abſence
Vous eûtes l'art de fixer les plaiſirs,
Si le bonheur ſeconda vos deſirs,
C'étoit le vœu de ma reconnoiſſance.

✤✤✤✤✤✤✤✤✤✤✤✤✤✤✤✤✤✤✤✤✤✤✤

CHANSON.

AIR : *La lumiere la plus pure, &c.*

POURQUOI donc, belle Sophie,
Ne pas vouloir un Epoux?
Pour une fille jolie
C'eſt pourtant un ſort bien doux.
Quand une fille s'engage,
Son cœur n'a que des deſirs.
Mais ſe voit-elle en ménage,
Chaque jour nouveaux plaiſirs...

Liſe étoit triſte & ſévere,
On ne pouvoit l'approcher...
Aujourd'hui c'eſt le contraire...
Amour a ſçu la changer...
Fillette elle étoit ſauvage,
Son cœur pouſſoit des ſoupirs;

Depuis qu'elle eſt en ménage
Elle connoît les plaiſirs.

Croyez-moi , belle Sophie ;
Choiſiſſez un tendre Epoux...
C'eſt le charme de la vie ,
Le bonheur eſt fait pour vous.
Votre cœur timide & tendre ,
N'a-t-il pas quelque deſir ?
Si vous vouliez l'entendre ,
Il demande le plaiſir...

AUTRE.

AIR : *Je vous ai juré maman , &c.*

LA vertu ſéduit mon cœur ,
Ma couſine eſt mon vainqueur...
Une douce intelligence ,
Encourage ma conſtance ;
Amour, ſois toujours pour nous,
D'un Amant fais un Epoux.

Iris peut me rendre heureux,
Iris a mes plus doux vœux.

Si l'éclat de ma richesse
Répondoit à ma tendresse,
Chaque jour nouveaux plaisirs
Souriroient à ses desirs.

RÉPONSE.

Même air.

CHER Amant, le vrai bonheur
Se trouve dans notre cœur.
Souvent la magnificence,
Nous conduit à l'inconstance ;
Crois-moi le souverain bien
C'est lorsque l'on s'aime bien.

Lorsque le cœur est content,
Le fort doit être charmant.
Si le faste & l'opulence
Assuroient mieux la constance ;
Mon cœur qui n'aime que toi,
Voudroit que tu fusses Roi.

Ensemble.

Amour, tu vois nos deux cœurs,
Comble-les de tes faveurs...

Si ton flambeau nous éclaire ;
Si l'Hymen vient à Cythere,
Nous dirons cent fois le jour...
Vive l'Hymen & l'Amour...

DUO.

COLLOQUE.

AIR : *Des simples jeux*, &c.

PHILINTE.

QUOI ! cette candeur & ces charmes
Seront donc pour un cloître affreux ?...

JEANNETTE.

Dans le monde on a trop d'alarmes...
Ici l'on est bien plus heureux.

PHILINTE.

On trompe votre ame timide,
Vous en gémirez quelque jour.

JEANNETTE.

J'obéis au Dieu qui me guide...

PHILINTE.

Ah ! quel dommage pour l'Amour !...

PHILINTE.

Cette main qui semble être faite
Pour caresser un tendre Amant ;
Ces yeux, ces traits, belle Jeannette,
Etoit-ce fait pour un couvent ?...

JEANNETTE.

Le cloître est toute mon envie.
Mon cœur s'y plaît mieux chaque jour...
J'y veux passer toute la vie...

PHILINTE.

Ah ! quel dommage pour l'Amour.

PHILINTE.

Si vous connoissiez le délice,
Où nage le sexe enchanteur...

JEANNETTE.

Souvent on trouve un précipice,
Sous le faux appas du bonheur...
Dans le couvent est l'innocence,
La paix y fixa son séjour,
Le quitter, c'est une imprudence.

PHILINTE.

Ah ! quel dommage pour l'Amour !...

PHILINTE.

Voyez combien Lise est heureuse ;

JEANNETTE.

Un plus doux bonheur me sourit...

PHILINTE.

Toujours vive, aimable, joyeuse ;
Le plaisir la flatte & la suit.

JEANNETTE.

En vain tu voudrois me séduire...
Le couvent sera mon séjour...
Je veux faire comme Themire.

PHILINTE.

Ah ! quel dommage pour l'Amour !...

BOUQUET

D'une Epouse à son Mari qui s'appelle Pierre.

VEUT-ON célébrer une Fête ?
Soins empressés, peines, fracas,
Un faux zele tourne la tête,
Un rien fait de grands embarras ...
On court chez la riante Flore ;
Elle prodigue ses présens :
Le Flageolet de Terpsicore
Prête ses sons les plus touchans ...
Cher Epoux, c'est la flatterie,
C'est elle qui fait ses efforts,
Jamais une Epouse chérie
Ne s'appuya sur ses ressorts.
Si vous vouliez, comme Saint Pierre,
Quitter Epouse, Enfans, Filets,
Et que cette humeur singuliere
Se pût changer par des Bouquets ...
Vous verriez mon ame ravie
Vous offrir de jolis cadeaux,
Je contenterois votre envie
Avec cent petits riens nouveaux.
Vous me verriez, selon l'usage,

Vous offrir méthodiquement
D'un Bouquet le muet assemblage...
Vous auriez un long compliment...
Mais, cher Epoux, un tel hommage
N'est pas celui du sentiment.
Je vous ferai d'autres largesses ;
Deux baisers, un tendre bon jour.
C'est dans les naïves caresses
Que font les vrais gages d'amour.

LE REPENTIR.

AIR : *La lumiere la plus pure, &c.*

POURRAS-TU m'aimer encore ?
Daigne rafsurer mon cœur.
Dorimene, oui je t'adore....
Je déteste mon erreur....
L'inquiete jaloufie
Annonce un cœur bien épris ;
Dorimene moins chérie
N'auroit eu que du mépris.......

Comme toi, quand on fçait plaire ;
On doit avoir cent Bergers....
Plus tu me devenois chere,
Plus je craignois les dangers....
Ton œil parle, on fçait l'entendre,
Chaque regard un Amant.
Quelqu'un peut être bien tendre,
Mais je fuis le plus conftant.

Mon cœur, plein de fa tendreffe
Ne palpite que pour toi ;

Ton

Ton amour feul l'intéreffe,
Le tien fera-t-il pour moi?
DORIMENE, ah! chere Amante!....
Souris encore à mon cœur.
Ton tendre fouris m'enchante,
C'eft le fouris du bonheur.

ACROSTICHE

Pour M. le Marquis de * * * *

ROSALIE aux Amours.

ᴀMOUR, il faut, dit-on, pour plaire,
ᴜn cœur fidele, un efprit doux.....
ᴏuidez le mien, il eft fincere.....
ᴜn tel cœur étoit fait pour vous....
ᴘi je plais toujours à Sylvandre.....
ᴛout nous promet des jours heureux....
ɪl n'eut jamais un cœur plus tendre....
ᴢ'aurois-je pas toujours fes vœux?....

AUTRE.

AUGUSTIN.

ᴘOSALIE eft tout ce que j'aime.....
ᴏù puis-je mieux placer mon cœur ?....
ᴘi le fien eft toujours de même,
ᴀurois-je un deftin plus flatteur ?...
ʟucile eft le papillon même,
ɪris eft la légéreté,
ᴇt Rofette la volupté.

✻✻✻✻✻✻✻✻✻✻✻✻✻✻✻✻

POUR LES MÊMES.

COUPLET.

AIR : *Je vais te voir, charmante Lise.*

ROSALIE.

AUx champs de Mars comme à Cythere,
Dorilas eft toujours vainqueur.....
Dans les camps il tient le tonnere,
Ici c'eft l'amant féducteur....
Tout lui cede & chante fa gloire....
L'ennemi comme les amours....
Le favori de la victoire
Ne doit compter que des beaux jours.

❧❧❧❧❧❧❧❧❧❧❧❧❧❧❧❧❧❧❧

AUTRE.

AIR : *Des fimples jeux, ou Je vais te voir.*

AUGUSTIN.

ON dit que c'eft fur la fougere
Qu'on goûte le plus doux bonheur....
Par-tout où je vois ma bergere,
La volupté féduit mon cœur.

G 2

Rofalie eft tendre, fidelle,
Elle flatte tous mes defirs....
Une autre peut être mieux qu'elle;
Mais aurois-je autant de plaifirs ?

‡‡‡

L'IMPATIENCE

AMOUREUSE.

AIR : *Si j'étois Roi, je vous ferois Reine.*

TENDRE amour, conduis-moi vers Hortance,
Ou bien vas lui porter mes foupirs....
    Vante ma conftance,
    Mon impatience....
    Peins-lui mes defirs....
Dis fur-tout que je quitte Ifabelle....
Peins - lui ma timide ardeur.....
    Elle eft fi belle !....
    Moi fi fidelle !....
    Amour quel bonheur.....
Si je fuis un jour fon vainqueur,....

XXXXXXXXXXXXXXXXXXXXXXXX

VERS

ALLÉGORIQUES.

*A une Dame qui s'étoit fâchée contre mon
ami sur les rapports faux.*

Deux fauvettes avec leur mere,
Avoient leur nid sur un ormeau.....
On y voyoit un tourtereau
Roucouler le desir de plaire.

Il en vouloit à la jeunette,
Il avoit sçu gagner son cœur ;
Tous deux ils mettoient leur bonheur
A bien cacher leur amourette.....

La maman paroissoit sévére,
On craignoit son ressentiment.
Tourtereau vanta son tourment,
A son aveu plus de colere.

G 3

Ces oiseaux dans leur gazouillage
Fredonnoient l'accent des plaisirs.
Pour mieux annoncer tes desirs,
Amant, emprunte leur ramage....

Le tourtereau toujours fidelle,
Déjà depuis assez long-tems
Par ses naïfs roucoulemens,
Charmoit sa constante femelle.....

L'Amour d'une fleche dorée
avoit percé leurs jeunes cœurs ;
Mais le plus parfait des bonheurs
A-t-il toujours longue durée ?

O ! toi, hibou de calomnie !
Toi jaloux de tous les amours,
Enfin toi qui te plaît toujours
A voir l'union désunie....

Applaudis-toi de ta conquête,
Tes pernicieux sifflemens
Ont brouillé deux jeunes amans,
C'est pour ton cœur un jour de fête.

Tu m'as donc fait des ennemies ?....
Eh quoi ! ton bec envenimé
N'a - t - il pas affez animé
Les amis contre leurs amies ?

Quoi !... maman, fauvette a pu croire
Ce qu'on difoit de tourtereau,
Sçachant qu'hibou, mauvais oifeau,
A tout défunir met fa gloire ?....

Sans pinçon, fans fon témoignage,
Par l'indigne hibou déchiré,
Le tourtereau déshonoré,
Eût gémi chaffé de fa cage.

L'AMANT PRUDENT.

AIR : *Tendre fruit des pleurs de l'Aurore.*

Dorilas, je n'ose le croire ?....
On dit que Lise a votre cœur....
Venez défendre votre gloire....
Vous l'aimeriez !.... Ah ! quelle horreur !....
Qui lui fit donc votre conquête ?
Son air, ou son œil séducteur ?....
Venez vers moi, je vous apprête
Un objet un peu plus flatteur,

Lise me plaît, & je préfere
Sa modestie à vos attraits.
Ismene, vous avez beau faire,
Vous ne me retiendrez jamais....
C'est la beauté du caractere
Qui fait le bonheur d'un amant :
L'esprit est toujours sûr de plaire,
Un œil peut-il en dire autant ?

A L I S E.
E N V O I.

AIR : *Quand on fçait aimer & plaire.*

OUI, je t'aime, ma Lisette,
Pourrai-je obtenir ta foi ?.....
Pour nous l'amour s'inquiette,
Nous devons suivre sa loi....
Etre aimé de ce qu'on aime,
Connois-tu ce doux bonheur ?....
On te prend pour l'amour même,
Mais en as-tu la douceur ?

M A D R I G A L.
A MADEMOISELLE N***,
JEUNE MUSICIENNE.

TU réunis à l'esprit la sagesse,
Mille talens, mille charmes divers....
Ta voix, tes yeux inspirent la tendresse,
Chaque cœur vole au devant de tes fers.
Tu nous ravis ainsi qu'une autre Fée,
Chacun t'admire & t'aime tour-à-tour.
Lorsqu'on t'entend, on te prend pour Orphée,
Lorsqu'on te voit, on te prend pour l'Amour.

MADRIGAL.

A MONSIEUR D'AZ***,

Officier au Régiment de T....., au sujet d'un Conte qu'il a fait sur plusieurs jolies Dames qui se sont trouvées à un Bal.

PEINTRE chéri de la nature,
Qui t'inspira ces vers charmans,
Où tu retraces la peinture
De mille tableaux différens ?
Est-ce Apollon ?.... ou cet enfant,
Dont les Plaisirs suivent les traces ?....
Non, j'en serois presque garant,
Ce ne peut être que les Graces.

✶✲✶✲✶✲✶✲✶✲✶✲✶✲✶✲✶✲✶✲✶✲✶✲✶

TRIOLET.

POUR jouir d'un heureux deſtin,
Tels font les points que je propoſe....
D'amour ayez un petit brin,
Pour jouir d'un heureux deſtin.
Un ſeul ami, point de chagrin,
Suivez vos goûts en toute choſe.
Pour jouir d'un heureux deſtin,
Tels font les points que je propoſe.

RÉSOLUTION
BACCHIQUE.

AIR : *Je vais te voir, charmante Liſe.*

AU Dieu charmant de l'allégreſſe,
Mon cœur s'abandonne à jamais.
Je veux rire & boire ſans ceſſe,
L'amour pour moi n'a plus d'attraits.....
Je ne crains plus ſes foibles armes,
Je brave aujourd'hui ſon carquois....
Bacchus m'aſſure mille charmes.....
Je veux me ſoumettre à ſes loix.

CHANSON.

Air : *Si j'étois Roi, &c.*

Quoi ! Zélys, dans les bras de Sylvandre !...
Mon ame en friffonne de douleur.....
  Elle étoit fi tendre,
  J'ofois tout attendre....
  Tout flattoit mon cœur....
Cupidon, dis - moi, que dois - je faire ?
 Zélys n'auroit plus mes vœux !....
  Son cruel pere
  Nous défefpere :
  Amour, rends heureux
 Les cœurs qui brûlent de tes feux.

Pour Zélys, Philinte étoit fincere,
Je voyois un avenir charmant,
  Je fçavois lui plaire...
  Zélys m'étoit chere...
  J'étois fon amant...
Je la perds, hélas ! que dois-je faire?
 Quoi ! je n'aurois plus fa foi ?...
  Son cruel pere,
  Nous défefpere ;
  Amour, rends-la moi :
Et nos deux cœurs feront à toi.

ENVOI.

Même air.

CEs beaux jours, filés par l'innocence,
Seront-ils toujours chers à ton cœur ?
    Zélys, ma constance,
    Ma persévérance,
    Faisoient ton bonheur...
Tu m'aimois, Zélys, tu m'étois chere...
    Nous avions les mêmes vœux...
    Ton cruel pere,
    Nous désespere :
    L'Amour, si tu veux,
Peut quelque jour nous rendre heureux.

QUATRAIN
EN BOUTS RIMÉS,

Sur l'Accadémie du Temple, dont M. le Prince de *** eft le Protecteur.

LA Guerre & les beaux Arts ont nommé les Romains
Les Rois & les Peres du monde.
Travaillons, un Dieu nous feconde.
Comme eux, diftinguons-nous du refte des humains.

L'EMBARRAS.

JE n'y réuffirai pas.........
Tous me tracaffe,
Tout m'embarraffe ;
J'ai le Diable fur les bras...
Des gens que la pareffe ronge...
Une fille qui me plonge
Dans les plus grands embarras ;

Le matin quand je me leve
L'on ne me fait nulle treve ;
J'entends,
Des Clients
Criants :
Prenez foin de mon affaire ;
Ma foi , je ne fçais que faire ?...
Je n'y réuffirai pas , &c.

CONVALESCENCE.

AIR : *Ce que je dis , &c.*

TENDRE Vénus tu m'as rendu la vie ,
Quand tu pris foin de ma Zélys...
Sans ma Zélys , fa douce , fi chérie....
Que ferois-tu ?... que deviendroient fes ris ?

Zélys m'aime , elle eft charmante .
Par fes attraits tes amours font vainqueurs ;
Si notre Zélys eft mourante ,
Vénus , qui gagnera des cœurs ?

Garde Zélys , raffure ma tendreffe ;
Amour , Amour , tu fus Amant.

Pour toi, pour moi, veille fur ma maîtreffe,
Tu dois tes foins à tout objet charmant.

Zélys m'aime, elle eft, &c.

LE DÉSESPOIR

AMOUREUX.

QUOI ! ma Sophie
Méprife mon ardeur ?
Son jeune cœur
Connoît la perfidie !...
Quoi ! ma Sophie
Fait mon malheur...
    Heureux jour
Où ma timide Amante,
M'apprit fon amour...
    Heureux jour,
Dont le fouvenir m'enchante,
N'as-tu plus de retour ?

LE PÊCHEUR

GALANT.

L'AMOUR conduit ma nacelle
Quand je pêche pour un tendron.
Anguille, carpe, goujon,
Toujours capture nouvelle.
Je les mets dans la poële à frire ;
Je ris en les entendant cuire...
    C'est ainsi que l'Amour,
    Attrapant chaque jour
       Nos cœurs,
    Se rit de nos pleurs
    Quand il voit nos douleurs.

H

BOUQUET.

QUAND l'Amour près de vous me tenoit en-
chaîné,
Chaque nouvel inftant avoit de nouveaux charmes.
Aujourd'hui loin de vous par le fort entraîné,
Mon cœur languit dans les alarmes.

Le jour de votre Fête, ô fortunés momens !
Ma main de mille fleurs vous offroit l'affemblage ;
L'Amour pour vous parler me prêtoit fes accens,
Un baifer payoit mon hommage.

Aujourd'hui loin de vous par le fort entraîné,
Mon Bouquet, c'eft mon cœur, il eft toujours plus
tendre ;
Par l'Amour dès long-tems pour vous feule en-
chaîné,
Quel autre pourroit y prétendre ?

BOUQUET.

AIR : *De sa modeste mère, &c.*

L'AUTRE jour Colinette,
Difoit à Colinet ;
Tu devrois pour ma Fête ,
Me donner un Bouquet ;
» La fleur la plus jolie
» N'a qu'un inftant flatteur.
» Mon cœur toute la vie
» Aura la même ardeur.

Vous êtes Colinette ;
Et je fuis Colinet ;
Zélys ; pour vôtre Fête ,
Je ferai le Bouquet ;
Mon cœur tendre & fidelle
Eft un don précieux.
Une rofe nouvelle
Vous plairoit-elle mieux ?

H 2

LE BAISER.

AIR : *Des simples jeux*, &c.

LE doux baiser !... le baiser tendre !...
Iris , qu'il eut pour moi d'appas !...
Sur tes levres j'osai le prendre ,
Ta bouche ne recula pas.
C'étoit un baiser tout de flame :
As-tu senti sa vive ardeur ?...
Le beau feu qui brûle mon ame,
Doit avoir passé dans ton cœur.

VERS

Pour mettre au bas du Portrait de M. de V...

TANTOT en folâtrant , & tantôt plus hardie,
Sa Muse délicate enchante l'univers.
L'amour, l'humanité, la candeur, le génie,
Et la vertu sur-tout respire dans ses Vers.

✳✳✳✳✳✳✳✳✳✳✳✳✳✳✳✳✳✳✳

A LA JEUNE
VILLENEUVE,

Fille du Directeur des Spectacles
de Strasbourg.

Divine Eleve des neuf Sœurs,
Déjà par tes accens tu charmes nos oreilles;
Quand tes appas naissans attaqueront nos cœurs,
Ne ressemble point aux abeilles.

F I N.

TABLE

DES Pièces de Vers & des Chansons contenues dans ce Volume.

TABLE

TABLE.

Fin de la Table.

www.ingramcontent.com/pod-product-compliance
Lightning Source LLC
Chambersburg PA
CBHW051552280626
47162CB00022B/2016